泉儿的诗

胡红泉 著

海天出版社（中国·深圳）

图书在版编目（CIP）数据

泉儿的诗 / 胡红泉著. — 深圳：海天出版社，
2016.11
  ISBN 978-7-5507-1750-3

  Ⅰ. ①泉… Ⅱ. ①胡… Ⅲ. ①诗集－中国－当代
Ⅳ. ①I227

中国版本图书馆CIP数据核字(2016)第202412号

泉儿的诗
Quan'er De Shi

出 品 人　聂雄前
责任编辑　许全军　童　芳
责任校对　叶　果
责任技编　梁立新
装帧设计　知行格致

出版发行　海天出版社
地　　址　深圳市彩田南路海天综合大厦7-8层（518033）
网　　址　http://www.htph.com.cn
设计制作　深圳市知行格致文化传播有限公司　Tel：0755-83464427
印　　刷　深圳市希望印务有限公司
开　　本　889mm×1194mm 1/32
印　　张　5.75
字　　数　100千字
版　　次　2016年11月第1版
印　　次　2016年11月第1次
印　　数　1-2000册
定　　价　50.00元

序
生命的歌哭
——浅议胡红泉的诗

　　当胡红泉的诗集《泉儿的诗》摆在我的面前时，我有一刹那的恍惚。胡红泉是我的乡党，在我的印象里，我们的故乡湖南双峰县当年盛产家书和奏折，现在也不断"出品"院士和书画家，但于新诗的写作，就我目力所及，现代诗史就没留下过乡亲的足迹。更让我恍惚的是，胡红泉早年是中国政法大学科班出身的律师，现在是身缠万贯的商人，高冷的法理、世俗的铜臭与激扬的诗歌完全是风马牛的调调。那么就读诗吧！

　　　　是夜　是风
　　　　是草的晃动
　　　　是夜莺沉默
　　　　群魔过后的
　　　　沉寂
　　　　是心　试着出门的
　　　　思

花仍然

无比镇静

同读自己心事的人般

但泪光中的夜歌

夜歌啊

此时　一闪而过

——《哀怨夜歌》

是这一夜，是这些年的每一个夜；是这夜的风，是这些年的每一阵风。是白天"随手抽出／口袋中的面具／应付随时出现的／各色面孔"（《有多少时间，我们是真正的自己》）之后的沉寂，还是夜晚灯红酒绿群魔乱舞之后的沉寂。白天和夜晚几乎所有的时间和空间，都被挤压了；所有人和事都被颠覆了，夜莺不歌唱了，群魔都出来了。人，和我们的抒情主人公都不敢出来，只有试着出门的心思。花为什么也有了自己的心事，花在风面前为什么要强作镇静？然后，我们的抒情主人公把子弹射出来——"但泪光中的夜歌／夜歌啊／此时／一闪而过"（《哀怨夜歌》）。

在"小夜曲"的诗名下，汇聚着古今中外无数诗人的名篇。胡红泉的《哀怨夜歌》从诗名中就精巧地融入了故乡民间文化的元素，湘中地区为先人超度送别的挽歌统称为"夜歌子"，那是楚风巫俗在这片土地最本真的呈现。当胡红泉翻山越岭冲州过府来到北京，然后从北往南腾云驾雾落根深圳，他发现古老的乡村世界完全不同于现代的都市世界，或者说都市世界完全不同于他儿时生活的乡村世界。在《哀怨夜歌》中，他精确地发现夜晚不是乡村的夜晚、儿时的夜晚，都市的夜晚依然灯红酒绿、歌舞升平，没有黑夜千万年来应有的宁静祥和，没有黑夜千万年来被赋予的神性、诗性，自然的昼夜变换和生命的节律更替被打碎的结果，就是人的异化！看看上文已引诗句的《有多少时间，我们是真正的自己》，从早晨抽出面具混入人世，到黄昏"看看自己／被面具所伤的脸"，再到黑夜中撕开脸上最后的包裹开始反思，可以断言把此诗放在诗集的第一篇，决不是偶然为之。

"似此星辰非昨夜，为谁风露立中宵"，黄仲则的名句恰当地勾勒出胡红泉的抒情诗人形象。这个形象是在故乡土地上行走过的屈原的形象，也是在北京那所大学校园中生活过的海子的形象。1986年，海子作词的《小夜曲》风靡一时，"以前的夜里我们静静地坐着／我们双膝如木／我们支起了耳朵／我们听得见平原上的水和诗歌／这是我们自己的平原、夜晚和诗歌／如今只剩下我一个／只有我一个双膝如木／只有我一个支起了耳朵／只有我一个听得见平原的水／诗歌中的水／在这个下雨的夜晚／如今只剩下我一个／为你写着诗歌／这是我们共同的平原和水／这是我们共同的夜晚和诗歌……"还是那个夜，与儿时的村庄、古老的乡土不同的夜，激发出诗人的孤独和愤怒。只不过海子是流泉式的正抒情，泉儿是淬火式的反抒情。

胡红泉的所有诗歌都是真实生命的歌哭。这个生命来自于古老的乡村，翻山越岭冲州过府腾云驾雾之后，像蒲公英一样飘到都市，最终落户深圳。在这个一夜崛起的明星城市里，他的不适感、隔膜感和大多数深圳人一样。不一样的是，大多数深圳人都在尽力适应，尽力用灵魂追赶脚步，而胡红泉却要讲出自己的孤独、愤怒、不适和不妥协，讲出自己对故土温情的追忆和对母亲永恒的思念。这，就是一个诗人和我们这群"沉默的大多数"在人生选择上的分道扬镳！

> 远山是我的墓地
> 葬埋我所有的欢笑
> 近土是我的火坑
> 盛装我所有的忧愁
>
> 我是一个
> 一无所有的孩子
> 唯一拥有的
> 是别人的希望与微笑
> 我也是一个

所求不多的孩子
唯一祈求的
是找到自己的欢乐和忧愁

一整个下午
我都沉浸在你
曾经的欢笑里
如此拥有一点
欢乐和忧愁
　　　　——《你曾经的欢笑》

　　真正的诗歌和真正的艺术都源自信仰和价值观，而不是机谋和技巧。这就是所谓"诗言志"也。先贤刘文典先生讲好文的标准是"观世音菩萨"——观察世情人心、掌握音韵节奏和拥有慈悲心肠，这是真正的天才妙解。古老的诗训告诉我们，诗可以兴（抒发情志），可以观（了解社会），可以群（结交朋友），可以怨（讽刺世俗）。可是，正如胡红泉所言，"所有的诗歌如此喑哑／歌唱兴盛／但诗歌喑哑"，那么，他以一个湖湘子弟的血性挺身而出，"如今我打开双手／抓紧喉咙和笔杆／尽管我写不出什么／但还是为诗歌动手／为自己的无话可说／动手"（《关于诗歌》）。
　　与绝大多数诗人"歌唱兴盛"的选择不同，胡红泉常常对生活"无话可说"。他"无话可说"之后的说，一定是深思熟虑的，一定是不得不说也只能这样说的。他的诗是非常自我的诗，关于黑夜、土地，关于母亲、历史，关于撕裂的灵魂和肢解的情爱，关于四季变换的自然更替和喜怒哀乐的生命节律……但是，在我看来，只有自我的诗才是感人的诗。过去、现在乃至将来，自我和感人才是好诗的双核。

我和胡红泉的家乡，曾国藩的家书和奏折肯定影响好几代中国人了，我想还会影响千秋万代；蔡和森的建党理论得到我党历代领导人的高度评价，也算沾溉人心已有几代；而王憨山和曾景初、曾彩初兄弟的绘画创作，那也是山高水长的不朽之作。这些前贤不以诗名，但其作品都以诗书打底，其心中常有诗句。因此，细细想来，对胡红泉的律师和巨贾身份，我真不必恍惚。或许，这更能体现湘人的本性，也更能呈现他作为一个抒情诗人的真实和纯粹。

是为序！

聂雄前

2016 年 10 月 2 日

目 录 / CONTENTS

有多少时间，
我们是真正的自己

随手抽出
口袋中的面具
应付随时出现的
各色面孔

黄昏时
我们渐渐闲了下来
看看自己
被面具所伤的脸

黑夜中
我们撕开脸上
最后的包裹
做回点点真实的自己
随着时光的流逝
我开始计算
有多少时间
我们是真正的自己

心念之情爱

如秋天将落之叶

心已腐烂

外表静美

生命之于时光

渺小到

无以复加

对于来自远方的淡淡思念

在夜风中

感觉最为强烈

我已停下

自己的脚步

来判断我们之间的距离

如路边短暂停留的车辆

再次出发

已是新的目的地

关于春

二月的结束对人的提醒无比巨大
复苏的力量警示一切进行得小心翼翼
抚摩春风时　犹豫并不过分
脚踩平稳大地　眼不敢放望长天

春天阳光不长　春是温柔杀手
春对我来说　不是好消息

但我的做作　如此天衣无缝
同你以及　任何人一样
我喜欢春天 喜欢此时的阳光
雨水以及柔暖和煦的风
喜欢看那　活得扬扬得意
陶陶然的模样

二月结束　春临大地
被解冻的一切
会是怎样的结局？

3

哀怨夜歌

是夜　是风
是草的晃动
是夜莺沉默
群魔过后的
沉寂
是心　试着出门的
思

花仍然
无比镇静
同读自己心事的人般
但泪光中的夜歌
夜歌啊
此时　一闪而过

王的故事

—
—
—

王在昨夜零时
失去祖辈的宝座
王在昨夜零时
扯碎所有头发
王昨夜面对月亮
埋头痛哭

王在高山巅流水旁
拄着拐杖歌唱疆土
王在昨夜零时以后
歌唱疆土乞讨疆土
王在自己的土上　欢乐悲伤

王举起自己
寂寞的十指
十指再也摸不到头发
也洗不去指上的肮脏
王再也不拥有河流
甚至也没有泪水
王昨夜没有整装
零时以后走下宝座
回头一望
却永远失去

王只有失去

王在月亮下
数属于自己的面孔
数得清的人里
却少一个

王拄着拐杖
数点臣民疆土
宽广的月色下
总是少一个

告

别

—

—

—

想起以后的夏日
我该将这里忘记
忘记这里的
狂风　烈日　暴雨
心也欢快
虽然现在的我
肋骨已碎
头骨已断
心花已残

我也将走向秋天
以自己残损的躯体
来祈盼收获
期盼一次
悲壮的结束

短诗一组

（一）悲

幸福
是漫漫长途上
一点闪烁飘忽的灵光
我抓住了一点
却未抓成永恒
我慌乱中再把手挥动
却把黑暗
拥入怀中

（二）黄昏

母亲渐渐暗灰
的
眼
让谁都坠入
茫茫黑夜

（三）身份证

我要证明
自己是自己

必须拿出

身份证

自己的身体

不算

（四）光

点着一生燃烧

泪水整齐的光

伤口整齐的光

穿透岁月穿透肉体

也穿透关于命运的传说

（五）知己

有谁在窗边

聆听这夜雨

轻柔的呼吸？

生日组诗

（一）

这一日我该感谢
虽然我一无所有
甚至做不了身体的主
但我还是该感谢
有血液
从我的体上流过

我还是该感谢
能在痛苦与幸福的交错中
看到生命的光
于是流浪不算什么
安家
也不是梦里的神话
还是该感谢
阳光从此处落下
我还是该感谢
也许在这一天
我什么也没做
只是被赋予了生命
和梦中的太阳
而长大后

经历的是无奈和痛苦

我还是该感谢

（二）

在我梦想的最后日子

看到痛苦看到死亡看到埋葬

看到思念让坟包生长

掩埋我对生命的渴望

在年年都要经历的日子

我把幸福当衣裳

把痛苦当袜子

而张开嘴所吃的

是幼年的希望

于是在这一天

放自己过去

因为生命的渴望和

幼年的希望

因为明白

死会为这一天

树碑颂扬

（三）

没有人对我说过

在出生的日子不能想起死亡

应该静静思想

生的不易与幸福

今天也没人对我说

出生的日子人人年轻

人人幸福

我该给人以微笑和希望

这是我的生日

苦痛让我不知所以

木然中

死亡将自己猛撞

让
我
回
忆
什
么

提着阳光与细雨来到我家

从一个角落中

我被这样发现

可以找一些过往的传奇

不要问我一切为什么

有些日子就是太阳

太阳的日子永不久长

虽然也不短

但在享受的时候

埋怨总时时发生

而有些日子

就是细雨

细雨的日子永远绵长

即使能扯断

但在伤心的时候

眼泪总是难干

避开一些寻问

如果我自言自语

与人讲一个传奇式的故事

自然不用惊讶

那是我再不愿记起的一段

思

想

相对秋天

该想的是夏天

如果让泪水如雨水

如果让热情如烈日

那么谁也不说

接受一个死亡的季节

一个带着什么远行的人

一盏点燃在傍晚时分的灯

一条河

划分这一个夏秋

我想起什么

同谁无关

思想此时

宛若临死的骏马

奋力证明

回足的腾空

一切多余

一切拂过平原的水
带动浪花与心情的水
双手接不住的水
此时如此痛哭
谁能安慰
那些从天而下的悲伤？

从土上跳过的生命
自娱自乐的传说
今夜张开大嘴
喝着源出的目光

一切多余
包括安慰

证人

如果证人不死

我将难活

一切罪恶

我无法隐瞒

如今

一切人已茫然

有的已疯狂

死亡已唤不回

遥远的天才

怎样的活着

都是一种痛苦或者不该

因为心灵像眼睛一样

永远睁开

心

愿

—

—

—

如果这鲜花

送到你面前时

已经枯萎

但请相信他

曾为你坚守着美丽　芬芳和鲜艳

曾经带着美好的心愿走向你

来为你装点春天

看哪

他逝去一切的干瘪的躯体里

还可以见到心跳的痕迹

如果这清泉

涌到你面前时

已经退潮

但请相信他

曾为你欢快地纵浪　静默和欢唱

曾经奔着千山路远向你

来为你浇灌园地

看哪

他逝去一切的沉息的躯体里

还可以见到激情和深沉的痕迹

如果这硕果

送到你面前时

已经变味

但请相信他

曾为你坚守着丽衣　芳香和甘甜

来向你奉献

看哪

他逝去一切的酵腐的躯体里

还可以见到醉人的香气

如果这白雪

送到你面前时

已经成水

但请相信他

曾为你披洒着洁白　飘逸和轻盈

曾经迈着轻快的舞步向你

来供你享度欢乐

看哪

他逝去一切的柔弱的躯体里

还可以见到真心的唯一

如果这歌声

送到你面前时

已经缥缈难辨

但请相信他

曾为你唱出高亢　低沉和柔美

曾经含着最有韵的节奏向你

来为你赞颂

看哪

他逝去一切的无力的躯体里

还可以见到心吐放的气息

如果这自然的所有使者

到你面前时

已经奄奄一息

但请相信他

曾为你献出自己的全部

曾经为我的爱舍弃了自己

来为你驱使

看哪

这逝去一切的具具躯体里

还可以见到挚爱的血液

如果最后

送到你面前是我时

已经都没有意义

但请相信我

曾为你送来了春夏秋冬和语言

曾经带着我的所有走向你

最后是我到你身边

看哪

这逝去一切的空空躯体里

还可以见到爱你的心意

生

命

只是一种积存
一种终究要被用尽的光

架着厌倦与无意义的骨
在闪闪发光中挺拔

最好的解答是有前世来生
无法辩论的今生今世
混合的光彩无限迷人
天亮时梦想的红霞
在朝阳中无限璀璨

避开一场雨后的又一场雨
走过一条路后的又一条路
依旧无法证明自己的手脚
只在力量用尽的刹那
发现生命原来如此短暂

一种过程演绎到最后
所有的积存一齐燃烧
让人看清答案

关于屈原

一

盛开在土地上的有白花
那不是我说的哀悼的眼

从来不知道一切会这样发生
在寻找诗的路上
屈原没有母亲也没有儿女
后来的故事谁都知道
结局只有一个
就是屈原死了而大家
依旧活着

屈原想自己得了病
于是去看医生
在阳光下他脱下裤子
道　医生
针就打在这里吧
医生举起她的武器
硬是把针打在大地身上
是这种错误医好了他的病

屈原说
流水今夜洗清我的骨头
我的鞋子我的裤子

流水在今夜以后
也养活我的孩子

还是不愿意
你不该来人间一趟
太阳说
屈原后悔做了人
做了一个在太阳里
需要长大的家伙
于是才有人想起和回忆他
而那时候他很小
比不上太阳的懂事
太阳很大却不是王
太阳只是王冠上的花
当他背着父亲　死在异乡
所有的心事在风里开花

屈原说
从这里到那里的路太长
死亡是回不去的疲累
野花是悲哀的盛开
大地是欢宴的盘
屈原是一个侍者

王坐在中间
天与地的中间
看着一切发生的王
说屈原不是诗人
只是一个写诗的政治家

屈原冷冷一笑
不再在大地上生活
他跨过汉水楚水
今夜划清一切的界限
他催动战马刀剑
今夜算清一切仇恨
今夜屈原守在江边
唱了他所有的诗歌
谁让屈原唱的诗？
谁让屈原写的歌？
早死的父亲不担责任
母亲
今夜您该让屈原死去
孩子
今夜你该送屈原死去
今夜我们欢乐
选择那种流过心头的欢乐

毕竟屈原只是屈原

屈原的死只是屈原的死

就像我们死了一样

大地会把任何人忘掉

你念念不忘的屈原

到底是个什么东西

扶犁的有病老头

咳嗽时如此骂道

然后吸他的烟管

数他的收成

今夜是丰收了

老头快乐地睡去

月色下

狂依旧发生

那些盗取了土地上五谷的人

今夜背上了沉重

那些看不见五谷的人

今夜只能与死亡同在

那些欢乐的人呢

那些种出五谷的人呢

屈原说

他从来没想过怎么养他的孩子

更不知道怎么孝敬他的母亲

他只知道写诗

一个写诗的政治家

受
伤

大风飞扬
吹过北方沉隐不语的
每丝颜色

阳光上举
自故乡呼啸而来
带着就此回航的印迹
坠入默想

此时
我心中的颜色受伤
我心中的时光受伤
我心中的回忆受伤
我心中的自己受伤

此时
我被自己所伤

吸烟的生活

她有害于我的身体健康
但这种警告并没有任何作用
罂粟花的美丽丝丝扣入我
灵魂深处
让带命相扑的动作
灌满刺激
和不可抗拒的诱惑
以及难能的快感

我像需要自己一样
需要吸烟

对生命过程的描述
越来越简单
那些动作　需求
身体的轻松
心灵的解脱
不再繁杂和要求太多
同某个时刻的人生路般
无须通明的灯火而只需
一点闪烁的烟火

一切正在进行

毫不犹豫
我们开始关注
自己的感觉而
不管他人的说法和看法
吸自己的烟
伤自己的身体
接受人生的数种说法但
只进行自己的一种

我沉默地同朋友一起 吸烟
我们不管彼此的吸烟方式
而只管消灭
各自手中的烟
当火点燃后
一切必须进行下去
或者中途停顿但不再续
烟可以吸掉或点燃后
放散空中
或点燃后不再重拾

我们污染伤害自己
也污染伤害这个世界

对于烟

有太多感受和说法

但没法再开口

也无须多说

来吸吧

吸掉这些烟吧

减少这也许会伤害他人的东西

而不管她

如何伤害我们自己

致土地

土地上依旧生长着
红高粱白高粱
生长河流和流水中的你我
土地依旧
一声不吭

你把头埋在地底
把疑问伸向苍天
为了解决几千年的谜底
只有生长成
望天的永恒

我依旧是流浪在
土地上的孤魂
在几千年几千年后
会有人来发现
我还活着

而土地没有人去问他
问他的生与死　苦与乐
也没有人去关心他的永恒
他给予一切的
千疮百孔的幸福

乱

语

痛苦在我面前停留了一会　说
我走啦
我却没有欢乐
因为那痛苦也是我的痛苦

快乐在我面前站了许久
它一定要留下来
我却一筹莫展
我这被平静装满了的身
又拿什么来盛它呢

最后来的是你
我的主人　永远的主人
你没带痛苦也没带欢乐
你说再给我一些平静
我于是舒心睡去

自己的孤单

在深夜里发现宿命
发现自己对自己
进行的拯救
在经过的罅隙中
打开对生命渴望的解脱

说理行进得无比有序
声声追赶的肉体毫不停顿
跟随飞翔的快感
一路狂啸

到月亮出来的时分
一切静寂
孤清在天地间
放肆弥散
夜深的伤害不轻不重

平平静静做人不难

做个喜欢黑夜的人也不难

但要做黑夜纯纯洁洁的女儿

却无比艰辛

因为被深深包围的身体

却如此容易发现

自己的孤单

每个人自己在进行生活
——

由我来讲述那些远去的生活并不合适
喜爱者会加入个人感情
像不该牵手的时候牵了情人的手
惴惴不安的心让一切无法冷静进行
往事是停留在每个人心中的动画
心灵似执笔的手不时地修饰
定要达到感动自己的场景
然后日复一日年复一年
在某些孤独时分
一切不断反复
如此诞出生命所需的温暖

是每个人自己在进行生活
而后再面对自己尽量叙述
将生活变成真正属于自己的部分
不容他人半点修改

分手后的日子

一种沉默的言语
又一次穿梭
往日幸福的空间

心碎只在想象之后
从启程到扬起手的日子
每个人都不谈论自己

漫天狂风捕捉
每丝乌云的逃逸
到洒下清清泪水
心情终于似失去母亲后般
平静
谁的孤单都是自己的

分手后的日子

一样吃饭一样走路一样做事

一样向着理想奋进

只是感觉的东西

不再拥有

每一次感动

总是自己站在

无人的大漠

等待谁的降临

逝去日子

（一）

我再唱的歌

短暂的声音

激荡平息的宁静

园中奄息的群花

斜阳下孤单的脚印

遥远无消息的故乡

母亲身上

安详的土地

土地上

沉默的春天

妹妹

我已离你好远

（二）

你知道时光飞逝的故意

最让人无法抗拒

连好梦也尽尽剥夺

你能握起反抗拳头？

怪那让人咋惊的夜雨吗

是她的滴答让你进入似梦似真的日

子？

原本静静而飞的心绪

此时凄怨难驻

逝去日子

永不消失

死亡

这并不意味着打击

只是别人要告诉我一点什么

于是让我脑袋开花

在路灯下

我原是等待我的情人

等待生命有一次结果

死亡不期而至

让谁都无法想象

碎裂的玻璃缸中

鱼看到主人不在

是谁拉灭了那盏路灯

我知道

情人已来

现在正是春天

还是醒着
面对群魔乱舞和自我陶醉
但麻木不能拒绝的渗入
睁大一双眼睛
犹如场上灯光
却只能增加
一些关于日子的恐惧传说

请不要说春天的好
或者相反
我从来不倾听别的什么
只倾听雨水、花以及
那些关于树木复苏
的力量
在这时我住在永远的冬天
是幻想也是回想
那是对日子的
最好交待

有人告诉我
现在正是春天
我还是没法相信

深
夜

依旧醒着的梦

张开欲望般的翅膀

从这边走到那边

又问一次　那个女人在不在

你的回答满是火花

拒绝合作

也不能独自承受

一种关于报应的传说

把今夜忘了　包括梦

就当相遇从没发生过

生命中少不了白天

但缺一个黑夜

却没有关系

爱
情

要说
请你一个人说
把酒杯放在你面前
醉住现在迷失从前

今夜你喝着泪水
做着从前的美梦
今夜那双眼睛
依旧梦想一块土地
从同一块土地出发
在同一个城市安家
我们有相同的命运
偏偏爱情不曾发生

我被生成
一个男子
做一些漂泊的梦
你被生成
一个女人
做一些漂亮的花朵
我们不能相逢
相逢只会有厄运

为自己作证

拔起禾苗

在水中洗净所有的根

还是要插回故土的是生命

扯下肮脏扯下肮脏

美丽如此靠近

也如此远远而去

从昨天起

我珍惜金钱

从昨天起

做自己的

裤子　做一片云

从昨天起

为自己作证

我想我够讨厌自己了

我想我够讨厌自己了
一夜之间
我让自己老去三十年
让生活的欲望
全部死亡
我再不回头也不前看
也不与天地发生关系
我知道世界没有我的存在
也会日日一样

从一个下午醒来
只有暮色
没有夕阳
我回忆年少的一切
让自己心碎
但一切只限如此
再不深入

享受现代生活的一切
做夜雨中
纵横江湖的凄凉美梦
关自己的门再不出去
我想我够讨厌自己了

终

结

你不写字
也不流泪
只苍白挂在脸上
一声不响
走向雪野

你调彩料
调红色绿色
去绘天山
去绘天山的风采
可惜　你说可惜
你已把天山忘记

你没有再鼓起勇气
让天山脚下
丰厚的黄土
葬埋了你
覆盖你的
是一片苍白
不是你
一生追求的色彩

呼唤

我在酣甜的梦中惊醒
发现死亡已在我身旁
在梦中
我这样远离了生命

这是最后一点黑夜
我没有再期盼白天
也没有盼望
黑夜久长

炮火闪亮在天际
弹子穿梭在活生生的林中
一瞬间的死亡
没有惊恐

波黑
那块注定要埋葬现代人的地方
也请将我呼唤和平的躯体
埋葬

诉

埋葬我的没有树木
真的没有　妈妈
只是土地
土地硬硬的不碎
所以我翻不起身来　妈妈

昨天开始发芽
今天长出新叶
明天　妈妈
明天就会有长长的树荫
隙缝中钻出的也是生命
卑贱而高昂

只要生与死都由土地把着根
日子
就不缺风雨和温暖

我没有怨命运
也没有叹一生
只是让一切
自自然然生长出来　妈妈

晚餐

我永远只有这样的脚步
追寻逝去的春天
再回家门
赶上母亲做的晚餐

没有人再与我
烧菜做饭
只因我的脚步
误了每一餐

而许多人把水和米
倒在嘴里
如此吃下去
说叫自作自受

我不那样　妈妈
我一点也不饿
只是我还是在黄昏前归来
以这样的脚步
赶上你的晚餐

春天来了

抽出骨头中的寒冷
让热烈泡开那些
不得已的冰冻
如今
春天来了

春天来了
我在温暖中
慢慢抚摩那些伤痛
如此数次
感觉春天来了
经过多少时间的流逝和
多少心情的等待
我算不清楚
或短暂或付出一生
可毕竟已是春天来了

春天来了
太阳
花朵　和
生机勃勃的春天
来了

烛

光

—

—

—

打开黑暗
整个躯体承受着
一个夜的长短

流动在笔端的答案不定
难道想倾听
关于谁的脚步过去?

追寻光明的飞蛾
今夜不会回返
知道一切不会久长
包括黑夜

我要这样流浪下去

放弃工作

以及由此的安逸和舒适

我要这样流浪下去

我要轻数街旁

忙乱的脚步

我要倾听空中

紧紧的呼吸

我要守候在路旁

承接那些鄙夷的目光

而我并不渴求什么

漫无目的

我要这样流浪下去

我不再追求所谓的高贵

所谓白领的尊荣和高级

不再追求大把的钞票和成群的美女

不再追求安身的房和代步的车

也不再追求城市的生活以及

所谓的成功

从今以后

我就这样流浪下去

我要这样流浪下去

用我曾经肮脏的双手

去安慰自己清白的双脚

去承接春天的消息和纯洁

去解放自己

做个自由自在的人

一个真正的人

我要这样流浪下去

我要离开城市

走向原野和森林

去那白云逗留的地方

去安放我曾经不安的灵魂

去忏悔自己的心和罪行

我要这样流浪下去

为了把轻松和纯洁找回

为了真正的生活和自由自在

丰

收

一种选择
不定地打动一个夜
在身体上走过
从一个故乡出发的水

今夜不饿
当粮食堆在仓
菜关在一间小屋
心满意足的男人
那么幸福地睡去
这个夜只有女人

不能永远选择哭泣
也不能永远选择陶醉
或者迷惘
那一生的结果
又是什么

这个夜
请告诉一个女人
在稻谷的灰香里
男人已入睡
而女人依旧惶惶

发
现

放声歌唱母亲的死亡
意思是土地会更加肥沃
在编织的快乐里
看见他们说的哀伤

你发现哭泣有时不需手帕
只需偷偷望望别人
然后低下头更加心伤

发现花已凋零 没有结果
发现雨水与云
终于不再匆忙分家
发现如今已不是
来时的夏天
也发现自己同别人一样
再不是原来的黄土

今夜我们对话

—
—

—

对我说点什么

哑音的喇叭

缄默的口

对你点点头

歪歪的脖子

扁扁的鼻

一切从不如你想象

就像想象

从不是你的一切

打动心事

打开日记

扯散紧缚的绳子

今夜我们对话

心
语
—
—
—

那扇门永远不再打开
妈妈
阿里巴巴和四十大盗都已消失
卖火柴的小女孩已经死了
格林的童话迷失在丛林
可那一切
曾经那么美好
让人把生命的烦忧都忘掉
在美丽的向往中走出家园
寻找那遥远的风景线

但如今不在了　妈妈
阿里巴巴和四十大盗已经发财
卖火柴的小女孩上了天堂
格林的童话成了看不透的迷惘
虽然一切
曾经那么美妙
让人提着生的勇气去寻找
在美丽的向往中
走出生的困境
拥有那不可言喻的幸福
可那门从此关上了
永远不再打开

这世界消失了什么
这世界少了什么
我不知道
一把锁
把我的心永远锁了

凄

美

想那雨下得凄凉
想那风起得凄苦
想那太阳
不照我的屋

想那树摇得温婉
想那草软得柔柔
想那月亮
不落我的河

想那夜黑得如炭
想那路远得漫漫
想那星星
不做我的引者

美

丽

美丽慢慢褪去
在激情消失中慢慢褪去
在疲倦中褪去
缓缓闭上双眼
美丽还是褪去

美丽或许只是一种欲望
美丽永远短暂
美丽的欲望永远短命
我也活不长久

寻找那
没有欲望的美丽呢
黄昏时你来看吧
雨落在花开的山后
风过于涛平的海沟
而星星
隐于月亮之背

思

念
—
—

—

几分寂寞

几分孤独

几分伤害

几分难过

几分思念

随着来

几许笑容

几许纯真

几许柔情

几许温馨

几许思念

随着来

几度落日

几度回忆

几度风雨翻飞

几度沧海桑田

几度相逢

在梦里

我喜欢飞翔

我喜欢飞翔
那临近生命终极自由的状态

此刻只剩下自己供自己关注
或者　一切无可关注
而快感在心头极速掠行

在无着状态里不存在对话
也不存在对话的寻求
倾诉四处放散
挺进我未到之处
也残留在我的经过

我对高远的天空开始着迷
以自己渺小的躯体来赌
漫无目的的飞翔
这已是生活
最精彩的地方

那就是幸福

同长夜一起
接受自己
同自己一起
接受别人
同别人一起
接受世界
同世界一起
接受死亡

我要走完一生
无论怎样的泪水
也无论
怎样的结局

那些带血的星光
与灾难一块降临的指引
让我昨夜梦到了前进
没有退避也没有逃逸

由谁负责诠释生活
谁又能负责解释命运
与你一道前行
只做平凡的两道脚印
脚印伸至死亡
人们说
那就是幸福

时间在身旁
——
——

她展示自己
惑人的灿烂
在阳光、雨水以及自然的
其他之外 心开始感叹
上天的造化

但没人能解开这时的谜
这样的显现
让无数生命
尽情背离本义

从出生到现在
经过许多地方
从长大到思想
见过许多美丽
但在疲惫的双眼之底
此时发现平静
发现山与水
发现风霜雨雪以及
每一棵树的姿态
比一切都美丽

开始讨厌爱情

讨厌一见钟情

讨厌婚姻

讨厌此生此世说不变的相守

唯一的因是

时间守在身旁

秋

阳光开在
谢幕的雨后
风起舞在
飘飞在叶间

谁的泪水流在
阳光和叶的吻间
谁的叹息印在
叶和大地之间

秋送走夏
悄悄回到自己的天地
无声无息无力地做着梦
然后要回家了
收捡所有的道具

当秋天过去冬天来临
我发现纯洁的一切都是真的

死之生

请把送我的船从海上放来
而把送我的尸布在天空展开
所有的仆人
请唱起赞美诗
自大地上旅行而来

如果还有为我洗涤的灵雨
也还有为我悲叹的哀歌
我不会让他们登上
为我送葬的船
那条纯白的船

别再问我
关于死亡的许多事
战死后的我
会在大海里落脚
让漂泊
痛苦一生

那一切始终不会遥远

那一切始终不会遥远
空气里旋动着母亲的呼唤
土壤里盘流着父亲的汗水
季节里轻晃着奶奶的叹息
还有爷爷
守着地　望着天　数着日
盼着我　年复一年

那一切始终不会遥远
小河里淌流着童年的足迹
大山里藏隐着少年的欢喜
田野上轻拂着野炊的烽烟
还有果树
扎在地　仰着天　闪着眼
盼着我　年复一年

那一切始终不会遥远
躯体里奔流着故乡的脉意
呼吸里吐纳着故土的风烟
叹息里满是乡情的变换
还有晚霞
饰着山　饰着水　饰着日
那也是我思念的一丝一点

为什么我不飞呢

谁也无法阻拦
注定的飞翔
虽然没有故乡
谁也无法阻拦
在一个深夜的出发

撞上烈火
点燃双翅
让孤独的旅程
烧出疯狂与多余
也烧出
一生的渴望

为什么不飞呢
故乡也是坟墓
为什么要埋在
熟悉自己的地方？
为什么寻找
永远朝同一个方向？
谁都不醒来
为什么我不飞呢？

如今我跟自己隔着太远的距离
————

我看到自己的身形
依旧流着难耐的倦容
在无法回归的路上
共所有人越走越远

今夜不搭帐篷
今夜没有归宿方向
今夜不同谁对唱
今夜要深入自己打开自己
今夜要看清自己的肮脏
今夜要让自己　无比痛苦

谁的走来如此清晰
月色下
总看得到情人的脸
欢愉的瞬间
只请痛苦不要收拾短暂

是谁喂养的鸽子
与我的命运一唱一和
关于和平和
那些战乱的反义词　同
情欲平静一同占驻心灵

我无法装下自己　但
要装下别人
我无法装下幸福　但
要装下痛苦

我跟自己隔着太远的距离
虽然我知道自己随时死亡
但我跟自己
还是隔着太远的距离
了解自己比了解他人艰难
像我至今都不知道
自己为什么要继续活下去
为什么不去死
但我知道　他人活着的目的
如今我跟自己
隔着太远的距离

那盖着故乡四野茅草的小屋还在吗

那盖着故乡四野茅草的小屋还在吗
我的躯体就要停放在那丛中
草上可以溜过你的泪水　妈妈
草下
草下是家的温暖
火的温暖

那盖着故乡四野茅草的小屋还在吗
我的灵魂就要穿扎在那些草头
草尖上闪动着我的心点　妈妈
草根
草根上是不死的童话
童年的童话

那盖着故乡四野茅草的小屋还在吗
我的泪水就要沾扎上那些草儿
草儿串着我一生寻找的珍珠　妈妈
草秆
草秆是你缝衣鞋的线段
永远牵着我的线段

王者

舞于秋日的王者
宽袍松脱

所有的美人都在哭泣
你也在叹息
你在遥远的山头
叹息以爱情为一生的选择

泪缓缓滑过
王者的胸膛
火灿烂燃起
王者的宽袍
舞于秋日的王者
沉入爱情的王者
射向他胸膛的万箭齐发

王者不哭　也没有泪水
最后在河中洗身子的王者
死了
被河流带到
人们梦幻不到的地方

自辩者

今夜想些什么
跟谁去说
今夜跟踪哪一棵树
今夜与谁对话　说明白
一些选择与一些难过
一个水塘
在身边纵身一跳
从眼里逃脱的影子
忽然发出的尖叫
那条鱼
就将这样死去

我想过许多错误
认同过许多　毫无理由
甚至支持过
强盗和土匪的枪
但今夜
我还是为自己辩护

利用黑夜掩饰一切
今夜我为自己辩护
说
谁都同黑夜一样　黑

关于诗歌

是我自己的选择
让诗歌进入我的生活
原本我可以拒绝
但我没有 我无法控制自己的乐和悲
也无法忍受看到的一切
我没有伴侣亦无情爱
也缺少朋友真挚的关怀
我无处发泄不想诉说
只能同诗歌中的文字
默默挺住一切

我无话可说
对于开始和结束
以及中间的过程
我永远无话可说
一切有歌唱存在
一切有诗歌存在
我的嘴无须张开

如今我打开双手
抓紧喉咙和笔杆
尽管我写不出什么
但还是为诗歌动手
为自己的无话可说
动手

所有的诗歌如此喑哑
歌唱兴盛　但诗歌喑哑

月色通明

不是说在黄昏

所有的脚印都叠在月光里

一种炊烟里的呼唤散碎

每一条石道上的心

滚滚的岁月和风尘

将高举自己的脚与手

呐喊着退去

入千年余音回响的绝谷

有一种声音

将唱着自己独自的漫游

将满带不堪回首的心事

穿梭在日光与心事之外

一种冷峻的回想

只是掠过岁月身边的唯一

而这时

风尘顿息　月色通明

你曾经的欢笑

远山是我的墓地
葬埋我所有的欢笑
近土是我的火坑
盛装我所有的忧愁

我是一个
一无所有的孩子
唯一拥有的
是别人的希望与微笑
我也是一个
所求不多的孩子
唯一祈求的
是找到自己的欢乐和忧愁

一整个下午
我都沉浸在你
曾经的欢笑里
如此拥有一点
欢乐和忧愁

怀念旧情

我如此回想
如此进入
我如此感动自己
如此留恋已逝的岁月
只为那时我年轻我孤身一人
我的孤独被进入她的身影

而今　我怀念一份旧情
我不怀念那些孤独的日子
只有岁月和风在身边守着
我赤着双脚空着双手
默默地从不呐喊
走过四处无人的田野
在堆垒的稻秆后发掘自己
幽暖的梦香
那时被她进入
那些时光被她进入

如今我怀念一份旧情
天各一方让我怀念旧情
依旧孤独让我怀念旧情
不再年轻让我怀念旧情
我让自己怀念旧情

在西餐厅的角落

我幽怨地回想
我掉转脑袋
我看自己和看别人
不一样
我明白所用的
不是自己的晚餐

中国土地
西餐厅
一些幻想回荡之处
我只想做个自己国度的人
做个实实在在的人
但为了嘴和肚子
我不知不觉
背叛了自己

我要把留给死亡的时光
让自己掌握
要把留给时光的事情
自己来解决
我不愿回想过去
或者展望未来
我只想刹那的快感

然后便结束

不要延长

也别成为负累

然后成为

他人口中的自己

如此流传

像如今我被幻想带到的

西餐厅一样

面对自己

我如此可怜

我终于让爱

成为一种负担

像背负自己一样

像背负亲情一样

我背负着它

不到放弃自己的日子

不去卸下

我活着

要完成应该完成的事情

要做个负责的人

在西餐厅的角落

我孤独地回想

一切圆满

我明白所用的

不是自己的晚餐

第六感外的情和爱

我对着影子无语哭泣时

无法想起他人但想起了你

我对着世界沉默时

无法想起他人但想起了你

我对着苍天狂啸时

无法平息激情但想起了你

我细数童年的欢乐苦楚时

无法让一切清晰但想起了你

我们共过甜蜜的时光

我们共过平凡的日子

我们共过寂静的生活

我们也默默地分手　又

淡淡地相逢

在离开故乡的许多时光许多地方

我们相互记取不敢相忘

我们不是夫妻

不是兄弟不是姐妹

不是姊妹也不是其他关系如

情人　昔日情人

恋人　旧日恋人

我们也不是朋友

我们只是两个生的个体

在活命的时光里

曾经相遇

一切只能这样发生

一切该在这里停止的
依旧在广袤无人的空间里
呐喊着继续深入

在日与夜轮换时分
疲倦没有带来断然的决裂
无奈是默然的流
在每个无风的夜晚难以捉摸
做一个人竟然如此艰难

不再做梦
梦依然是每个夜晚的渴盼
吞吐每种色彩的狂龙
卷曲自己的每一分躯体
在与情爱相遇之后
一切只能这样发生

一切只能这样发生
走过该走与不该走的路
做完该做与不该做的事
接受不能接受的一切
才能心安
才能明白
做一个人　竟然如此艰难

寂寞

这并不代表欢乐
或者相反
在玻璃窗后欣赏阳光
永远摸不着真实
一种临近的幻想
只是美丽的寂然坠落

打开灯
并不意味着光明来临
还是不能发现自己的黑暗
或者发现之后
不知如何引进光明

一个孤独者的寂寞
无法捉摸自己的心灵
欢唱的野鸽子
永远不知召唤什么
在山水和天地间
试着架起的桥梁
通向如此无人的广漠

初春

大地初开的伟大震惊一切
遮遮掩掩的尽褪让新的面孔
尽情出场
秩序的维护者手忙脚乱
是谁顶开那巨大而窒息的固守？

对一切放大的镜子
安静地躺在某个角落
在惊叹中被打击的自信
再也无法抬头

谁都发现了春的来临
谁都不掩饰自己的兴奋
谁都不约束自己的行为

一切都会进行下去
现在毕竟只是
初春

仲夏

时令此时进行得
如火如荼
我对衣服多少的感觉
开始深刻
我也知道狂热终究要过去
在我对这些日子的不经意间

此时花已开完果未长大
急性的一些叶
已匆匆扑向大地
偶尔在大雨后的林荫路上
我发现丝丝秋的潜踪
但他们骂我神经病

我便同自己倾诉
而再不告诉别人
在夏最热烈的时分
我已感到
秋的来临

深

秋

是黄昏让我穿上外套
去看看无力时分的太阳
是最后的黄叶让我迈出脚步
去等待那最终的坠落

堆满果实的一切地方
漠视秋的即将离去
只沉默地显示出
一个季节的重量

让我们回故乡吧
在这个时分回去
秋风萧瑟
大地无语
而我们将默默数数自己
将白的头发

冷

冬

一切都停止吧
冷的杀入足够
平息欢腾

关于雪花将临的消息
让大地承受了天空的眼泪
伤口裂开
残酷骤然显现

母亲的出现赶不走冷冬的冷
在一切结束一切又开始的这时
我无法定义冬天

我对自己张开而呐喊不出的嘴
开始怀疑
同样我也怀疑冬天
她的来临
是否预示着
温暖的春?

自己的迷恋

从许多夜晚开始
迷恋自己的歌声不知有没有错

渴望有人的倾听
并不代表歌者寂寞
甚至孤独
那永远的天才食粮

白天久远的阳光
一个夏天的云塞满天空
是谁低沉的呼唤
在云深不知处
吊起歌者欲眠的神灵

没有睡梦的每个时分
生命一丝一丝幻化
丰厚的酬劳只是徒想
嗓子破烂之后
天与地蓦然相合
成一座永恒的坟冢

秋

雨

流着泪的眼　再也不干
秋的雨打在身上
每一个毛孔悚然张开

这是一个终结的世界
一个终结的世界繁华无限
绿意殷殷在冷雨中默息
你踏向土地的脚
该高高提起
而双手伸出去
伸出去接秋的雨
那是一年的收获
所有的收获

收获埋于厚土
等待来年
来年又是一场秋雨
那所有的盼望

太阳不烧你的旧罗帐

月亮不照你的旧纱窗

只有秋雨

唯有秋雨

一天天飘向

习惯的屋

二〇一四年
正月初一十三点七分的诗

截至此时

我收到了六百二十七条短信

我花了二〇一三年的两个小时和

二〇一四年的一小时零八分钟

仔仔细细地阅读了每一条

也仔仔细细地分辨了每一条

其中

能看出有五百六十五条是格式性的

有六百零七条是相同或相似的

我认认真真地花了三个多小时

——回信

祝愿所有的亲友

马年吉祥　万事如意

这是我新年的第一个心愿

接下来我做的第二件事

就是上了一趟厕所

清空了自己身体中的垃圾

让自己健健康康地活下去

活着来祝福所有自己认识的人

和陌生的人

愿你们马年吉祥

马到成功

时间又过去了近半个小时
窗外的鞭炮声已经平静
夜　同此时的我一样安宁
我看了看熟睡中的儿子
祈愿他健康平安
快快长大

躺到床上
我清理了一遍自己的人生
几十年的时光了
九岁以前的事
我已经一一忘记
近三十年的记忆
一一浮现在我的脑海
我已经尽力了
我安慰自己
尽管没有把一切做得完美
但我尽力去做到
问心无愧
于是
我让自己沉沉睡去

希望在梦里

憧憬自己能有辉煌的余生

能爱世人

能不辜负自己

始终都在的良心

能永远做个

默默无闻的人

自言自语

戴着镣铐的舞蹈
似秋日静美的落叶
对长长来路的着迷
望尽漫漫　天涯归程

瞬间的大雁南飞
又惊醒了多少
秋草的美梦

该是结束的时候
尽管有无尽的目光
依然在等待

活着不是自己的人生
剩余的日子
无比残酷

那孤零零绝美的艳丽

只是斜阳下

凄清的孤单

我已穿好自己合身的衣裳

静静等待

冬日的到来

就如此入睡吧

——

喝了几口小酒的夜晚
安宁与静谧降临心间
像初秋打开了平静的门
迎接安顿风尘仆仆的过客

怎样的时间都会过去
怎样的年月才会永恒
怎样的季节不会伤感
怎样的人生能够完满

提问的人永远问着自己
提问的人没有找到答案
每个人的心中都有自己
灿烂的秋　烂漫的秋

就如此入睡吧　入睡吧
哪怕在凌晨三四点起床
来守着　静静守候着
重重深秋

在黄昏与清晨之间

我所有的梦想在这里
我所有的时光在这里
我所有的幸福在这里
我所有的痛苦在这里

这时我思念能思念的一切
这时我思考能思考的一切
这时我做回能做的自己
这时我做我能做的事情

对生命而言
剩下黑夜并不可怕
剩下长短并不可怕
剩下思想并不可怕

对生命而言
没有黑夜并不可怕
没有思想并不可怕
没有自己并不可怕

我知道活着一切会有
我也知道死后一切成空
但我知道青史　也知道留名
尽管我怎么都无法做到
如今剩下　如今拥有
黄昏与清晨之间

时

光

你是欢笑中闪现的忧郁
你是忧郁中忽现的开朗
你是开朗中默潜的泪水
你是泪水中惊现的甜蜜

你是一个段落后不朽的传奇
你是一段传奇中残缺的记忆
你是一段记忆中注定的模糊
你是一段模糊中朦胧的清晰

强渡的回忆做了人生的向导
被征服的心志开始崩溃
缺失的传奇啊
开始畅想生花的妙笔

相遇之后　一切简单
默然相背的身影
和望不到边的未来
用完我们所有的时光

请再唱一遍送别离魂的歌吧

—
—

—

是时光带走了
所有的一切
是凌乱的思绪
改变了美好的未来
是冲天的身影
留下的孤独
是独自生存
制造的寂寥

已经尽快结束的一切
依旧坚持着静静绽放
一直默默坚挺的身板
在轰然中无比悲凉

请再唱一遍
送别离魂的歌吧
如此纪念　如此永别

在我放弃那些时光的时候

是我放弃那些时光

在离故乡几千里外的异乡

我忍住心的痛苦

放弃来时的全部记忆

做个木头木脑的人

好好活着

谁会倾听那些讲述呢？

谁关注贴近土地的快乐呢？

除了追赶日益繁华的城市

除了计算土地上可以承载多少

钢筋水泥

谁又会在意

一个陌生人的点点滴滴

秋风再次吹过这些

不再呈现金黄的土地

秋风带走记忆带走年纪

秋风不顾及哀号不顾及

挣扎

在我放弃那些时光的时候

天际人海

这些被烟熏的白天和夜晚
湿湿的带着异味
远离尘埃与纷扰
守着每一个季节
无法丢弃

这一点温暖的火光
让我守着　有点浪费
但你那清纯的时光
清纯的模样
不带半丝人间的烟火
又有谁能　一同坚守

就这样分手
就如此分守
我们之间唯一的分野
就是这凡俗的烟与微弱的火
于是
你在天际　我在人海

问
—
—
—

他们说着爱谈着情
诉说着今生的爱意浓情意深
他们打我的嘴打我的脸
让我后悔自己的今生今世
他们说四季轮回
总有一个秋天
将我埋葬
也总有一个春天让我发芽
这是他们的世界
金钱权位女色主宰的世界
一切与我无关

如果真还有一个秋天
我请求
将如我一样的野果
全部丢进荒山
让她们腐烂　永不再发芽
如果还有一个春日
我也请求
将如我一般的野草
全部焚烧
让她们消失　永不再嫩绿

如故乡一样的异乡啊
一样的土地　一样的黄土
难道葬不下
我这小堆的白骨？

请

求

我不会在电话中
絮叨每一个想你的细节
也不会在短信、QQ、电邮、微信中
倾诉每一分　对你的思念

给我你的住址
请让我给你写一封信
哪怕它很短很短
短到只有三个字
"我想你"

我不会坐着飞机来看你
来看你是否活得精彩
也不会坐高铁或开车来
不会表达那份急不可待

如果可以
请让我给你写一封信吧
即使它很短很短
短到只有六个字
"我很想很想你"

我知道什么是咫尺天涯

也知道什么是天涯若比邻

所以我请求你给个地址

我不会用那些最最现代的一切

只会用小小的手中笔

划下那可怜的几个字

我想你　我很想很想你

心

秋

是我一个人的吟唱

扰了蛰伏的落叶

是我低低的浅息

醒了逝去的梦

是我不经意的瞬间

断了一个季节的永恒

是我牢牢的牵挂

带出整个秋的凄清

时光的到来和过去

没有改变什么

我诉说的一切

只是我一个人的事

只是在我心的某个角落

秋

一再发芽　不断地长大

影

子

在某些时候
我们看见自己的影子
时时跟踪别人的足迹
而我们的心　偷偷欢喜

而许多时候
影子背离我们的视线
独自做着自己的模样
而我们的心　漠然视之

在更多的时候
影子长在我们的心头
不停变幻着自己的躯体
而我们的心　不知所然

我们是自己的影子
影子也是我们自己
我们做着影子
影子也做着我们
彼此彼此

寄

—

—

冬日来临时落单的候鸟
不停击打着自己的翅膀
但没能飞出预期的距离
徒然失去护体的温暖

春天来临时破土的小苗
全力探出自己小小的头
但没能长成一树的凉阴
徒留秋风中萧瑟的身影

夏日来临时浓绿的叶
沾沾自喜做着永青的梦
但没能躲过第一缕秋风
淡淡的黄点飘落了一生

秋日将至时播种的希望
默默祈祷能扛过冰雪
春来时却喑哑的喉咙
在丝丝寒风中低叹着命运

自问

这一夜　满地的雨
放散了一身的寒意
这一夜　一点心事
剪短了一生的追求

不是悲叹就能创造怜悯
不是欣喜就意味着幸运
不是努力了就能无憾
不是成功就能掩埋失败

心　善良的心
几经变改又能保持多少本色
心　执着的心
几经沧桑能不改初心

在雨住天明的时分
白茫茫的世界里
又有几个身影
在坦然前行

疑
问

你的生活
穿过你的喉
他的生活
穿透他的心
我的生活
守住我的人

时光的评判
永远迟到
就像秋永远在春夏之后
但冬天来临以后
真会有一个美丽的春吗

疑问布满我的
每一个细胞
我缓缓找回自己的生命
但已无法解答
更无能拯救

献诗

秋　永远的秋
默默忍看　我的坠落

秋　一生的秋
静静候着　我的腐朽

秋　灿烂的秋
轻轻收割　我的春秋

秋啊　今生的秋
责怪我　只献出了
我的今生
我的所有

暖

冬

被冻僵的手
提不起赞美冬天的笔
心里的诅咒
随着慨叹越长越大
最后时分的解冻
来不及写下的心语
随着冬日　埋到春天

春天　那最丑的花
是我的热烈冬天的　叹息

如

果
—
—

如果把不喜欢变成喜欢
如果把不爱都变成相爱
这样的生活
也是一种缺憾

但也只有时光静静等着
默默解决这些永远的事
并留下永恒

秋　最后一叶的坠落
砸伤整个秋天
也完美
我们的人生

2011 年 12 月 31 日的诗

岁月
倔强地留下她的身影
让人哭笑不得
我举手打的
只能是自己的脸

大地的承载
如此平静
默默收拾一切
灿烂以及传奇

数过去的日子如同
捉自己身上的虱子
而此时对未来的期待
依然无比茫然
我还是如此孤独地思考
找寻答案

别对我说感谢过去
也别同我说祝福明天
如果这样
我又怎么摆布
现在的自己

保山的诗

很想在又一次离开保山的时候
能够说些什么或者　能够写点什么
但安静的繁荣的保山
似乎封锁了我的语言我的才华
又或是
70 年前那段历史的分量
重重压着我的念想
让我只能　宁静地离开

我想
如果抹去记忆
历史的保山走到今天也应该是这样吧
蓝天空辽　白云高远
慈母般的群山环绕的家园
我想
如果没有记忆
历史的保山走到今天还应该叫哀牢
或者永昌
边陲清寒　瘴疠迷雾
酒醉中的杨慎哼着滚滚长江的家园
我想
如果淡忘记忆
历史的保山走到今天依旧无法解脱

人声鼎沸　炮声隆隆
车轮滚滚的战争中的亡灵夜夜哀号的
疆场

在我又一次离开保山的时候
我无能说些什么
只能清醒而又坚定地记下
这里　保山
1942 年 2 月 12 日到 1944 年
中国远征军　10 万将士抗战的地方
还有　杨慎的歌唱
滚滚长江东逝水
浪花淘尽英雄

我的良心始终都在

轻轻唱着的
是哪一个旧人？
轻轻飘着的
是哪一首旧歌？
淡淡听着的
是哪一位故交？
默默伤感的
是哪一颗心？

歌声飘过岁月后
无处安身
我们飘过岁月后
无处葬身

是谁打开的往日？
是谁放出那飘荡的幽灵？
是谁不顾一切
用尽未来
是谁来收拾
我们的足印
是谁？是谁？
不停地敲打着我的神经

但无论怎样

我的良心

始终都在

爱自己　爱家人

爱朋友

如果还能

爱这世界遇见的每一个人

我的良心始终都在

苍山在上

苍山在上
点滴白雪　刺瞎我的双眼
我倾听每一棵树的姿态
和每一株植物　每一朵花的倾诉

多少年　你才来到这里
等待
这一次的相见

苍山在上
有多少人在这里守候
无法离开
又有多少人走过这里
永不回头
如今春风重临大地
谁又在轻易表达自己倾心的赞美

苍山在上
如果我哭泣
请让我的泪水成河
如果我血祭
请让我的鲜血成冰
如果今生永不相见
请原谅我的滚滚红尘

多少年　你才来到这里
等待　这一次的相见

春

是阳光打破僵局
让春的气息　散播人间
而被冰冷侵蚀的风雨
也改换了各自的容颜

对于春
每一个生命都有自己的感觉
每一个角色都有自己的变幻
从冬日就开始的寻找
一定会在某个时刻爆发

请放下那一身的沉重
尽情等待一次全新的生发
春啊　难道你携来的
也不是好消息?

夏天

一切短暂
就像她无尽的热力
匆匆散射后　随即消散

我紧赶紧赶地忙着
在这样的时候
最适合晒干那些
湿湿的忧伤

在秋雨来临的时候
就以平静的心和蓄积的力
来好好面对

如果有来生

如果有来生
让我做荒野中
寂寞的小草
自由地呼吸
散漫地生存

如果有来生
让我做荒原上
孤独的小树
尽情仰望星空
吐放自己的生机

如果有来生
让我做密林里
弯曲攀援的藤
不去傍那些苍松
只按自己的方式蔓延

如果有来生
让我做自然中
自然的生命
安宁地存在
不去打扰一生的最爱

给自己的诗

这浑浊的颜色
是尘世在我双眼里
无情的残留
而岁月也残忍地
刻进我的额头和双眸

我本无知无觉
坠入人们所叙述的尘世
我本纯洁
以光光的身子
同混沌的世界
悍然相搏

我无知无畏
在一步一步
不知不觉的退后中
归于洪荒

湖南夏夜的一场雨

这盛夏的一场雨
回到了这块土地初春的时节
我被淋湿的每一根发丝
带着我的头沉入南极般的冷冻
让我怀疑和思考
为什么我要再这样走下去
在雨中　无遮无掩
以裸露来对抗这个世界
来筑自己防守的阵地

如果雨永远这样下着
我想我会熄灭自己
走入钢筋丛林的每份欲望
也会熄灭自己那火热的心以及
对秋季的盼望
我更会放下自己
沉重的身躯
不再东张西望　不再奔波

天明时分　风停雨住

出来的太阳　无比暴烈

完美地演绎着盛夏的模样

把激情强行植入

每具冰冷的躯体

如此强奸着记忆

不停地一次一次告诫

这就是命运　这就是宿命

该走下去　就好好走下去

惑

时光被放进了
我们的脸色
别人的眼色
也加进了
风尘的颜色

是谁在声声叮咛
让我们坚守一个春夏
等到冬的冰封
又能有纯洁的人生
我想那是失血的苍白吧
我们能怎样去期待呢

人生被放进了
别人的甜
我们自己的酸辣苦咸
也加进了
遮羞的布

是谁在句句说服
让我们接受
这一点一滴的经过
认为这是生的必须
但一切是回不去的纠结吧
我们又该怎样走向未来呢

致故乡

再没有人像我这样
如此的想你念你
再不会有人像我这样
如此的念你想你
故乡
我的故乡
打碎我的骨头
敲烂我的细胞
那每一分每一点里
都有你的痕迹
都有你的模样

有高山之巅的呼喊
有四海之滨的狂呼
可又有谁能像我这样
像我这样的孤独落寞
像我这样宁愿伤害自己
来想你念你

故乡
我的故乡啊
即使我再也不回
我的灵魂也夜夜飘荡在那夜空
声声悲呼
故乡啊故乡

只是一场小小的秋雨
——

出门时我没有带衣服
那时残阳点点　晚风习习
暖暖的温充斥在天地间
舒适感动着我的每一个细胞
我感觉自己
是彻底幸福的孩子

我归家时没有衣服可披
这时秋雨点点　秋风凄凄
抽成丝织着在天地间
秋意一下侵入我的骨髓
我感觉自己
是彻底瘫痪的孩子

只是一场
小小的秋雨

春日寄语

让我来记录这些真的不太合适
你知道带着情感的笔
下去时便不再完全客观
那些鲜花、风雨以及一动不动的光景
哪怕是有一点点细微的变化
春　便不再是你记忆中的春
同样　由你或她来记录也不合适

每个人的心里
都有一个
他自己的春天

我们就静静地看吧
看时光怎样封存这一切
看他怎样改变一个
激动人心的季节
看雨水怎样把万紫千红
冲泡成翠绿
看那枯草怎样铺就
绿油油的天涯
看花儿怎么变成
黄沉沉的果

时光的果

对时光的消逝
我依然沉默
尽管每次春的来临
都无比轰轰烈烈

我担着无数的询问
也放散自己的疑惑
许多时光已经放过我
我也放弃了许多时光

我相信终有一个时刻
摘下他们认为的
人生的果实
那时光刻意地遗留

下午的诗

母亲出去旅游了
儿子上课培训去了
老婆整个下午要逛街
我一个人在家　静静坐着

你到底想要干什么
心底的声音
一遍又一遍地响起
向我讨要准确答案
整个下午　我静静坐着

你到底能够干什么
心底的声音
一次又一次地追问
不得回答　誓不罢休
整个下午　我静静坐着

整个下午
我静静坐着
这一年的春天
渐渐接近尾声

小小的小草

这里的每一根草
伸出自己身体的模样
以及她吮吸凌晨时
每滴甘露时的舒爽
如此的令人陶醉

在她生机勃勃生长的
每一分时光里
温柔的阳光轻抚她的脸庞
柔煦的晓风
送她入梦

如此进入秋天
她依旧是娇小的身躯
但她终于挺直了脊梁
发出了自己的
猎猎风骨

只要是生命
就会有坚强
尽管四季的轮回
如此漫长
小小的小草
让我有点淡淡的感伤

独自面对轮回的时光

又一个季节的轮回
提醒许多细节的遗漏
如果不面对阳光
又怎能判断自己的
潮湿与干爽

在许多次的轮回后
还有谁在坚守旧时的模样
又有谁依然站在老地方
将长长来路　深深凝望
却抖落了刹那转身的沧桑

我开始闭嘴
不再轻易说话也不随便歌唱
让共鸣的力量渗入骨髓
增加自己　站立的坚强
以此表达　同时间的对抗

独自面对轮回的时光
让无比漫长的每一秒
变成孤独
尽管无人喝彩无人欣赏
也让我尽力交出
自己的珍藏

孤独

如果我
越来越沉默
请原谅我的
不辞而别

昌宁的核桃树

欢迎我的那一棵
完全打开了自己的核桃树
给了我真正的圆滑面容
也给了我实实在在的
沧桑的心

阳光里全部的人生
——开始
打开

我开始歌唱

当我决定用权位和金钱

证明自己的一生

当炙烈的热切目光

盯着我孱弱的躯体

当大地舒展

当天光潮涌

当北方呼啸的强大的风

吹过沉闷的南方的山林

当光明与黑暗紧紧相拥

又有多少挣扎

可以划开我的四肢

可以让我不用赤裸裸的

遮掩这无穷无尽的暗黑

可以让我一点一滴去洗尽

满身尘埃

当我决定离开

决定自己和自己告别

当我接受所有的说教以及

自己的每一份遭遇

当天地变换

当沧海桑田

暮色苍茫里的一切

依然无比清晰
借助心灵的
那最后一点闪光

于是
我开始歌唱
终于开始歌唱
感谢生命
最终总有的归宿

初夏的水果

—
—

—

这初夏的水果
曾经累死过无数的马
曾经被顶端的美人
牢牢惦记
如今
她依然红红地挂在枝头
似乎在悼念
那爱过她的贵妃
也似乎在嘲笑
那跑死马的皇帝

在南国荔枝红了的季节
一切在静静地
热烈地发生
把这初夏的水果摘下来　摘下来
虽然还没到秋天时节
我们已经有了
无数的收获

我们的良心还在吗

在某些午夜

潜水者在空气中

憋住自己最强的气息

回到秋风洗涤的故乡大地

没有激情没有悲伤

悄悄的脚步

将怀念轻轻陈放

送行者在清晨的列队

不停敲着

良心的鼓

谁辜负了谁

谁在人间不留痕迹

无声的拷问

依然昭示着

永恒的主题

你的良心还在吗

你的良心还在吗
是否已经埋葬在
童年故地
是否只能在漆黑的午夜
自己悄悄去看看
她小小的遗体

你的良心还在吗
如果四季穿行大地
如果众生萧然
如果沧海桑田
不停地拷问
请紧紧摸着我们的心问问
我们的良心还在吗

致父亲

他总是问我
什么时候回去
他总是问我
在外还好吗
我总是急急匆匆
回去看他陪他
我总是忘记了
回去看他陪他

他的时光
远远多于他的时光
一个他　我的儿子
一个他　我的父亲

我是儿子
我是父亲
在我离开儿子的时光里
我渐渐明白了父亲的不易
在我离开父亲的日子里
更加知道了
父亲的不易

他陪我长大

他照顾我长大

他送我离开

他盼望我回去

但所有的一切

他

从不再说

下辈子我再牵起你的手

黄昏时
树梢的摇曳
搅动了
整天的乌云

少年时
远方的召唤
带走了
身边的风景

一起时
殷勤地看顾
错失了
一生的缘分

分离时
满噙的泪水
洗净了
三生的尘

下辈子
如果有相遇
我再牵起
你的手

又一年的秋天

（一）

凌晨三点五十三分
我非常简单地醒了
睡了不到两个小时的觉

坐起来　听着窗外
不多的车　呼啸而过
许多时光　悄然消逝

又一年的秋天
炎热依然如夏的浓烈
我捡拾了一个季节的落叶
紧紧地拥抱着自己
期盼着一次真的收获

一起聚聚吧
就在这清纯的时分
让你看见真正的春天与
即将来临的秋
以及其他的说法
以及不同的行动
以及怎样在冬天取暖
以及告诉将落的那些

怎样把自己洗洗干净

秋已来临
一场雨接着一场
让天　慢慢凉了

（二）
这是今年
我细细品味的
第二个秋夜

漫长的时光到此
依然如水般
容纳和照见
污垢　黑暗　光明

以心作石
投入时光和流水
涟漪与浪花的消逝
默然提示　秋已来临

秋已来临
让我们将手中的时光之果

淡淡散入每丝秋雨
干净灵魂　获取永生

（三）
这时候你想吃什么
这大江南北　天地东西
灵气孕出的一切
任你选择

眼前无数条
黄色的路
在黎明时分
——浮现在天际
遥远的天际
陈列的盛大召唤
声声提醒
又一个秋已来临

又一个秋已来临
别伤感　别彷徨
别沮丧　也别得意
来　悄悄的
我们一起分享

（四）
是在初秋的时分
我带着流浪的灵魂
在烟雨迷蒙的深夜
拜访故乡

泪水的漂流
不停地哀悼那些
远去的热烈时光
如今只剩疲惫的躯体

这一刻抵达的深度
似地心之火的爆发
而秋雨的默默温凉
依依不舍地挽留着

别再流浪　别再流浪
哪里都是故乡
哪里都有黄土
哪里都能归葬

（五）
这飘零的一切

是谁的躯体
这散落的一切
是谁的身影
这哭泣的泪水
是谁的鲜血
这身上的黄土
是谁的灵魂

在今夜
想起所有
悲伤的情事

秋
只一个字
深深地让人
陷入

（六）
我知道
我和命运之间
并没有
不可化解的仇恨

忍气吞声的季节
每一个日子并不轻松
丝丝生命的坚持
也是注定的宿命

天的眼泪
又能解释多少
命运的谜
又能洗净多少
生命的骨髓

无人开解的一个又一个夜晚
请相信自己
你和命运之间
就像从春到秋的
一段时间与旅程

（七）
又一个秋天
在我出生与长大的地方
我们动动手指
轻轻告别

没有人知道
下一次相逢相聚的季节
曾经我们
在春天分手
也在冬天又重聚

没有什么能隔断
这一份思念这一份情感
尽管高铁飞机越来越多
尽管手机通信越来越方便
但我依然盼望每一次的
面对面

就这样走吧
就这样走下去
即使我走成一生的流浪
我也铭记
我曾有故乡

（八）
这是北京的秋
但并不是北方的秋
许多果还在树上

尽管那些轻轻的叶
已然飘落

这是北方的秋
一天比一天地凉了
年迈母亲盼望的眼神
一日比一日地
看不清眼前的儿子

多么令人心痛的一个季节
我无可采摘无可奉献
于是挖出自己的心
以全红的状态
向这一个秋
虔诚地献祭

（九）
带着秋实来看你的
是谁
沉甸甸地站着
满脸的憨厚与微笑
裤管上的泥土与肩上的黄叶
就将抖落在你心间

多么不容易的
一个季节地轮回
为何要悲伤感慨呢
为何要紧紧捂着自己的衣服呢
为何要让自己的脚步
套上厚重的鞋袜呢

来吧　我们一起来
唱一首淡淡的喜悦的歌
向这个季节
致上我们最欣喜的感恩
让我们一起打开自己
接受这季节的馈赠与洗礼

（十）
我不停地盼望
我不停地邀请
也无法表达我的心意
于是我和这个季节一起
来看看你　陪陪你
饮点水　喝喝茶
品品菜　弄点小酒

请别有任何负担
也别有丝毫的不好意思
能喝多少我们就喝多少
但千万别喝倒
能吃多少吃多少
一定要吃饱

多么好的季节
又是多么好的相见
我们不回忆初见的时分
也不谈及别后的日子
只知道此刻
最是温暖
温暖地约定
再次的相见

（十一）
请灯光熄灭
也请烛光熄灭
请温凉的风
点点送起
请厚重的一切
降临大地

请温暖的土地
举起双手
请让我们
诚挚地相见

再次的相见
又已过去多少时日
请别计算
就在我们互相看不见的黑夜里
我们也曾将温暖传递

如此沉重的收获季节
母亲的雨伞
依然高高撑起
照顾着每一粒种子
也看顾着每一分土地
尽管秋风习习
尽管秋雨绵绵
也让我们放下过往
诚挚地相见

致宝卿

是在初秋的时候
我来看了你的房子
匆匆忙忙的
在里面坐了几个小时
然后我们
含着热泪告别

你放了音乐给我听
也让我在书房晒了太阳
最后我们坐在客厅里
不时地聊上几句
不时地彼此看看
不时地关注我离开的时间

我知道你属于这座城市了
而我属于几千里外的另一座城市
生活最后都被挤在房子里
我们也都被挤在房子里
我来看了你的房子
也来看了你的生活

我不得不认同传统的观念
也不得不回忆杜甫的诗句
但我无比高兴
你的房子让我牵挂你的心
终于放下
慢慢平静

后记

这一年，是我人生的又一道分界线，离前一道分界线已经 15 年了。15 年前，我写了《生日组诗》，收录在这本集子里，那是对生命的感恩，对活着的欣喜与尊重，那也是死亡带给我的连续的震撼与启示。这一年，我也写了《那一晚的凄凉》，但是这本集子没有把这首诗收录进来。也就是说，这本集子里的诗歌描述的都是我过去的人生经历，是 2016 年以前的作品。这些作品中有 60 多首曾经在榕树下网站上以"南国红"的笔名发表过。

我所有的作品都有淡淡的哀伤与怀念，可能也带点低沉和阴暗，但我努力表达的是不屈的坚强！

自此以后，无论遇到什么，我想自己都应该可以接受了。

谨以此书，向生命的坚强致敬！也谨借此书，向我生命中的恩人、贵人致谢！也以此书，自恋地感谢自己！

是为后记，下次，咱们再相见！